通州志略卷之十三

郡人楊行中纂輯

藝文志

古者文以載道，後世之文多紀事而已。然因文可以考事，即事可以觀風。是用紀之，爲藝文志。

文類

元文

改修慶豐石閘記

宋褧

閘於字爲閉城門具，或曰以版有所蔽。近代水監官厨之，以時蓄泄，因水行舟。世祖皇帝至元二十有二年，前昭文館大學士知大夫院領都水監事臣郭守敬圖水利，奏昌平之白浮村導神山泉、西山水，合馬眼泉諸水爲渠，曰通惠河。貫京城，迤邐出南水門，過通州，抵高麗莊之閘，爲里二百。視地形創爲閘，附岸壁及底皆用木。凡二十四，慶豐其一也。

後二十年，當至大四年，諸閘寢腐。宰相請以石易，爲萬世利。且請度緩急後先作則工不迫，工不迫則周且固。仁廟敕准，有司以次第舉。由是，至順元年，始及慶豐，遂役都水少監王温臣率其屬，分督程作，董役士卒暨土木金石之工，集有五百五十。輸木萬章，鐵以鈞計，凡八百有奇。石材三阡二百。瓴甓灰槁他物每算。築其縱長百二十尺三分長之二爲衡，廣高二丈二寸，瀾容二丈二尺。經始於是年三月之望，粤六月十五日告成。繩規中度，完好緻密，公私善之。

明年春，監丞何禮、張宗顔述是後之爲日久近，聞之喬卑長廣，靡費物料幾何，創始改作之緒，及工之勤利之美，求職以文。予復之曰：「此世祖開物成務群策畢舉也。仁廟克成先烈，措注宏遠，功不百倍不改作也。臣下莫不奉行惟謹，此事理之著者也。記是誠宜，然予疑是閘之始命名爲役，與創始之歲果豐歟，或示微意於後世歟？惜莫可得而知，何也？閘非事游觀。蓋經營國計，民俯仰以給者，猶必待豐而後作，矧他役乎？抑果作於豐年，則後不敢妄興，民不敢苟勞，財不敢徒費，章章矣。」因其役并原其名，是爲記。

中書右丞相領都水監政績碑

歐陽玄

中書右丞相定住公自居平章首席，既而升左相，又升右相，被命領都水監事。至正癸巳之正月，迄今數年之中，浚治舊規，抑塞新弊，水政大修。

都水監長二賓佐共具實迹，請于翰林歐陽玄，文其事於石，以貽後世。玄曰：「丞相上佐天子，下理百官，日綜萬幾。朝野政務，莫非相業所經綸也，奚獨於水政而紀述乎？」其長二賓佐進曰：「我國家之置都水也，始於世祖皇帝至元二十八年之辛卯，丞相完澤實倡其端。當時聖君賢相，爲慮甚周，爲制甚密。導昌平白浮之水西流，循西山之麓，會馬眼等諸泉，瀦爲七里。東

流入自城西水門，匯積水潭。又東并宮墻，環大内之左，合金水河南流，東出自城東水門。又潞水之陽，南會白河。又南會直沽入海。凡二百里，是爲通惠河。置閘二十有四，跨諸閘之上，通京師内外經行之道，置橋百五十有六。閘以制蓄泄，橋以惠往來。乃即運糧提舉司車户阡四百五十有一，隸監專治其事。閘與橋，初置以木。仁宗皇帝延祐中，易木以石，次第而械之。命閘户學爲石工，木鐵煉堊，皆習其技，歲械一閘，工與費若干。有司會其凡而籍之，歲以爲常，約歲若

干。諸閘皆石，一切工役，不擾而集。國計之不匱，民用之不乏，皆利賴焉。近年，有司擅以閘户抑配，配各驛以給驛，至元延祐以來，祖宗之良法美意，日就蠹壞。今右丞相以聞。有旨復還郭士英若干户，餘州縣之侵軼閘户者，悉禁絶之。他户有避徭役之類，仍因而亡者，咸復其舊。故得水利不隳，漕法不滯，有關國計民用甚重也。且通惠河之將入海也，衡漳貫之，溯漳西南，涉瀛博之野，南至於臨清堂邑之壩。過壩而南，爲會通河。盡豫兗青徐四州境上之水，入河絶淮，至大江而止。二河相通，其爲水利博矣。有若京城西之金口，下視都邑，水勢如建瓴。一蟻穴之漏，則横潰莫制。守堤吏與閘户，晝夜分番邏視，不贍，則借兵士於樞密，所係尤重。故水政之修，閘户之復，丞相有功於斯其甚大。可無紀述乎？」

玄聞其言，乃考古而徵今。水在唐虞爲澤虞；在成周爲川衡；西漢太常、太司農、少府、内使、主爵都尉，皆置都水長二，武帝置水衡都尉，成帝置左右都水使者；東漢改置河堤謁者；晉改都水臺，又置前後左右中五水衡，以五使者領之；劉宋置水衡令；蕭梁改爲大舟卿；宇文周置都水中大夫；隋置都水臺使者，尋復置監少監，又改令少令；唐沿革不一，或稱都水局，或稱司津監，或稱水衡監，或置使者，或置都尉；趙宋爲都水監，置判監、同判及丞、主簿等官，大抵掌川澤、津梁、渠堰、陂池之政，兼總舟航桴筏之算，就司其政以充用。故漢太常諸卿各有水衡，盡征其入給俸禄，所稱水衡錢是也。
聖代捐國家之厚費，以利天下，而秋毫不征其資，視古之都水，有不可同年而語者矣。且歷代建都，秦漢唐多都雍州，阻關陝之險，漕運極難，用水極少。其後有都洛陽、大梁，亦不過浚洛入汴，淪汝蔡入淮而已。

我元東至於海，西暨於河，南盡於江，北至大漠。水涓滴以上，皆爲我國家用。東南之粟，歲漕數百萬石，由海而至者，道通惠河以達。東南貢賦凡百，上供之物，歲億萬計，絶江淮河而至，道會通河以達。商貨懋遷，與夫民生日用之所須，不可悉數。二河溯沿南北，物貨或入或出，遍天下者，猶不在是數。又自昆侖西南水入海者，繞出南詔之後，歷交趾、闍婆、占城、百粵之國，東南過流求、日本，東至三韓。遠人之名琛异寶，神馬奇産，航海而至，或逾年之程，皆由漕河以至闕下。斯又古今載籍之所未有者也。水政之重，可不以重臣領之乎？昔者舜舉十六相共治海内，禹治水土，益治川澤。今之水政，禹益皆嘗司之。然則重臣之典水政，唐虞以來之遺意也歟？玄職在太史，紀載爲宜。右丞相康里氏，定住其名。乃祖乃父，三世宿位，逮事列聖，篤於忠貞。數從王師戰金八鄰，多積功伐，不妄俘戮，不希寵榮，有陰德餘慶施於後人。丞相踵之，揚歷臺閣三十餘年，清慎如一，熟知國家典章。及居台揆，雅量鎮浮，坐決大政，不徵辭色，百度自貞，有古大臣之風焉。來求文以紀其迹者，都水野素達邇、段定僧、少監完澤鐵睦爾、太平奴、薛徹篤、監丞鎖南滿、慈普化、沙剌贊卜、馬兒吉顔、經歷山山、知事祁師道云。

系以詩曰：國治水官，象天玄冥。都水有政，治國大經。於穆皇元，龍興朔方。秉令天一，并牧八荒。乃據析津，乃建神州。囊括萬派，衡從其流。東浚白浮，遵彼西山。即是天漢，流畢昴間。西挹紫宮，南出皇畿。又東注海，萬派攸歸。東溟天池，若爲我渚。給我漕輓，徑達宸居。河濟淮江，陳若指掌。我鑿二渠，利盡穹壤。雖云盡利，我則不征。捐利利民，治水水平。維今右相，自董水政。舉措不煩，户籍先正。昔命閘户，習煅習礪。揵木胶堊，各程其藝。循甲及一，諸遍遍械。歲一修閘，衆藝畢來。制水有閘，通道有梁。息耗有則，啓閘有常。夫何閘户，俾役

驛厩。是求善書，遽掣之肘。相君入告，閘户内復。每歲鳩功，群匠來族。水政既舉，國計以滋。都人日用，源委莫知。彼水在國，血脉在身。百體輸津，五官嗇神。相爲股肱，水利寔興。榮衛不凝，股肱宣能。維相君量，彭蠡太野。汪洋淵渟，安静整暇。維相君力，底柱龍門。捍彼衝貴，國之樊垣。有力斯定，有量斯寬。爕調雍容，歲不溢乾。重華在位，禹益作相。庶工底績，百川是障。世皇浚渠，相曰完澤。身先水官，相彼原隰。洵美相君，海内稱賢。罔彼哲輔，專美於前。

陸府參事，治先乎水。玖叙惟歌，作者太史。太史作歌，載以龜趺。

國朝文

重修開平忠武王廟碑

太和王直吏部尚書。

正統十二年秋八月，通州守臣李經言：「州城東南隅舊有廟，以祀開平忠武王常遇春。蓋洪武三年奉敕建。每歲春秋，守臣以少牢行禮庭下，載在祀典。今八十年矣。修治不繼，日入於敝，懼無以稱朝廷崇德報功之意，請繕完如法。」制曰：「可」。

命工部聚材鳩工，徹而新之。通州諸衛及州所屬縣，各以丁夫給役。且命總理通州諸務都指揮僉事陳信督之。命既下，文武吏士奉承唯謹，材不徵而集，工不召而至，智者效謀，壯者效力。作正殿，翼以兩廂，前啓三門，旁列厨庫。凡諸像設，靡不畢備。弘麗廣深，有加於昔。經始於九月己酉，而以明年四月成。

於是信來，請曰：「是役也宜有紀，願書而刻之麗牲之碑。」惟天生大有爲之君，必輔以不二心之臣。肆我太祖皇帝受命而興，王以忠信智勇佐之。飛渡大江，霆擊電掃，東南郡縣，以次削平。既復下兗豫，遂議北征。車駕至汴，申命大將軍徐達，而王爲之副。諭以仁義行師，毋殺戮以逞。天聲所臨，無思不服。王先至通州，禁侵暴，務安輯，人不知兵，市不易肆，皆愛戴如父母。遂收燕都。明年，平河東，入秦。虜復侵通州。王還兵拒之，通州之人免於荼毒，其德王尤深。遂率師破開平，大俘獲而歸。至柳河川，以疾薨。柩還，過通州，州人皆罷市迎哭。既去，而念之不衰，飲食必祭。上思王之功，而知民之感慕如此。此廟之所以作也。

昔漢西鄉侯張飛，號萬人敵，嘗拒魏將張郃於巴西，大破郃軍，以安此土。巴人德之，歷千餘年而廟食不廢。今王以雄材大略佐太祖定天下，兵威所及，王之迹爲多。其功烈在朝廷，利澤在生民，蓋甚大。較之飛，實過之。國家褒答勛臣，恩禮之厚，亦非蜀漢可比。王生爲上公，没有顯號而廟祀永久，蓋宜也。王之廟在京師尤盛，此特其别祠焉耳。今天子又新而大之，所以承先德而報王功，其超越百代可知矣。

乃爲述其事而系以詩，曰：

太祖龍興四海從，維王仗劍先來同。所向無敵摧軍鋒，通州亦在破竹中。安集還定〔注一〕揚仁風，閭閻歌舞靡怨恫。旌旗北伐兵馬雄，掃絶沙漠烟塵空。大星宵墜感帝衷，錫以顯號昭殊功。廟食於此罔不恭，聖皇繼述棟愈隆。神之在位儼儀容，調和陰陽幹化工。疵癘不作歲屢豐，春秋祀享無終窮。

重建馬神廟記

吳郡王鏊 翰林院侍讀學士。

國家大祀，郊祭外則社稷。社祭土，稷祭穀，

皆民所恃以生。國之大事在戎，戎政之大在馬，馬之生養蕃息在人，而亦有人力所不及，則馬神祀固宜居社稷之次。天文房爲天駟，辰爲馬。《詩》曰：「既伯既禱。」《周禮》：春祭馬祖，夏先牧，秋馬社，冬馬步。皇明建都古冀，馬之所生，而通州爲地高寒平遠，泉甘草豐，彌望千里。世傳太宗靖難，與敵戰於此，若有相焉者。因詔作馬神廟於其地，在今通州之北，地曰壩上，鄉曰安德。旁爲御馬苑，凡二十所。春秋二仲，則太僕少卿往主祀事。其辭曰：皇帝遣某官某

〔注一〕「安集還定」，原稿不清，今據別本補。

致祭。往必陛辭，返必廷復，其嚴如是。歷歲滋久，梁棟坼陊，藩級甓圮，沮洳穢翳，人畜不禁。行禮至結茅以蔭，已乃撤去。風露横侵，星月仰見，心虔迹褻，相惋嘆而皆重於改作。

弘治八年，太僕卿臣禮始具以聞，且乞立石題名，以示永久。詔可。乃屬役於通州等二十五州縣，財因歲登，力因農隙。始九年之三月，十年二月告成。廣殿穹堂，長廊邃廡，齋廬庖湢，完舊增新。周垣外繚，重門中閎，啓閉以時，過者祗肅。是役也始前太僕卿臣禮臣鉞，成之者今太僕

卿臣琮，而少卿臣質臣珩臣纓實相之，寺丞臣珪、縣丞臣鐸實敦其事，御馬監太監臣春實佽其費。於是翰林侍讀學士臣鏊再拜稽首，書其事於碑。

古者王畿千里，出車萬乘。國初，賦地於民而牧之，國與民蓋兩利焉。及今百有餘年。其地固猶在乎？然取之於民則爲擾，牧之於民則又擾，是何哉？方今聖人在位，百废具舉，而尤垂意馬政。琮等既協力以崇神祀，則在人者其將次第而修復乎？銘曰：

駪駪國馬，於甸之野。漁焉如雲，駢焉如雨。

有廟言言，在潞之陽。始誰作之，自我文皇。敢有不虔，天駟煌煌。瞻彼雲漢，造父王良。有崇其圮，其自今始。神斯降祥，人誰致喜。昔在衛文，亦有魯僖。心維塞淵，思亦無期。功以才興，亦以惰毁。琢石鑱詞，爰告無止。

重修馬神廟記

趙郡石珤禮部尚書。

國家自己卯用兵，歲閲馬幾千萬匹。登駿簡良，以服王事，四方底平。於時適太僕卿臣舉、少卿臣金、臣玠、臣傑等奉命重修壩上馬神廟，成殿若干楹，門廡厨庫若干所。缺者完，隳者起，蒙翳

者豁，漫漶者飭，閌閬者嚴整，望之儼然。經始於正德庚辰秋八月，於其年冬十月落成。蓋所用三河、香河、寶坻、薊州、玉田、豐潤、遵化、平谷、密雲等州縣贓罰，不過十金，所役通州、順義等處夫匠，不過百名。興作不於再時，而百創建之規，煥然復增新矣。

臣舉等請紀其事於石。於是臣珤謹拜手稽首，言曰：惟昔先王之有天下也，制治於未亂，保邦於未危，天下雖安，蓋未嘗一日而忘武備也。武備未嘗一日而忘，則馬政未嘗一日而不講。是

故有苑囿焉，若吾民之有田廬也；有芻秣焉，若吾民之有廩囷也；有羈靮韉箠焉，若吾民之有被履也舄也；至於人力所不能及，則又立祀以主之，亦猶吾民之有先農先嗇也。其備如是。當是時，歌於《皇華》，則云：騏駒騧駱；田於秦，則云：四鐵辰牡；牧於魯，則云：驪黃騂驈。延至於漢，猶曰：閭巷有馬而阡陌之間成群，何則？養之之日多而用之之日少也。養之多則力不匱，先王之待物如此，而況於人乎？故神歆其祀，民受其福，而邦亦有終賴焉。馬之有益於人國也，亦大矣。顧古之人其用武備也，以濟文事也，而弗敢黷也；其用征伐也，以佐禮樂也，而弗敢恃也。紀曰：武王克商，歸馬於華山之陽，示天下弗復用；衄干戈而藏之府庫，示天下不復有爭也。兵且弗用，而何有於馬哉？如是，而天下之民有疾首蹙額者哉？我國家聖聖相承，教養大備，臣下奉法，罔敢弗恪。苟以先王之所以使民者使民，所以待物者待物，舉而措之，今之天下將無推而不準，而豈獨馬政也哉？

銘曰：維房有宿，爲文章。維天子馬，來翺

來翔。伊誰主之，國典有祀。廟貌既作，修我祀事。坎坎擊鼓，以祝以敔。以豆以俎，以樂馬祖。神之樂之，報以景福。有蕃其牧，以駿以服。牧既蕃矣，士桓桓矣。俾我王事，無艱難矣。曰維神功，亦民之衷。始必有終，昭之無窮。

重修通州新城記

長沙李東陽吏部尚書。

今順天府通州，在國初，爲北平布政司之屬郡，舊有城。自太宗文皇帝定都以來，肇立京府，并置州衛。東南漕運歲入四百萬石，折十之三貯於州城。既久且富，乃于城西門外闢地，爲西南二倉。景泰間，以虜警復築城七里有奇，環而翼之，而爲新城。時屬倉卒，規制未備，高止丈餘，視舊城不及其半。此年，磚石剥落，外内出入，可登而越也。正德辛未，流賊爲患。都察院右副都御史李貢巡撫其地，深以爲憂，引水而環之三周。已乃詢諸有司，圖所以禦灾捍患者。上疏言：天下之治，與其有事而圖，孰若先事而慮？今番上京軍數千名，方留戍守，宜以其隙，計工修築。工部分司有廢磚數十萬，宜借以供用。上命户部左侍郎邵君寶、兵部左侍郎李君浩、工部右侍郎夏君昴率僚屬，往相其役，悉如所議。君又留罪人所贖金銀，爲凡百費用。新城舊基，增築五尺，其外爲磚，内實以土，上復爲垜墻六尺有咫，而長廣皆如其數。又爲敵臺，其西南爲甕城，重門懸橋，皆舊所未有。其爲役皆分番迭作，人樂趨事，不數月而成焉。於是，知州楊浚、州學正洪异等謂兹役之重，不可無述。介吾妻之從子岳序班梁以請於予。予惟天下大計不外於兵民，兵與民所賴以生者，必資乎食。兹役也，皆有賴焉。若所謂先事而備，則李君固言之，即唐李絳所以告其

君者也。顧狃於安逸者恒以爲不足憂，而張皇者又有所不及。於盗賊芟刈略盡，遠近諸司咸以宴安，不復致慮，而李君方矻矻不暇，議者猶或以多事爲疑，亦獨何哉？予感其事，因叙其始末，爲方來者勸，俾以羡財餘力益增而高焉。其爲補其小哉？是役也，巡按御史陳君祥、巡倉御史詹君源實協其謀，董其事者則分守都指揮黄璽，分領其役則指揮陶寧、周璿、曹淳、陳輅、夏良臣，及千户白璋、周堂、劉良、吕琦等十餘人。告成之日，浚已遷鄖陽府同知，异擢崇德知縣。李君亦以治

行召入爲兵部右侍郎。未至，即疏請致仕去矣。系之詩，曰：文皇建都，治必南嚮。州名曰通，作我東障。高城巍峨，有兵有民。漕河北來，餉粟雲屯。儲盈庾增，新城是築。有功弗終，高及其腹。月傾歲頹，寢不及前。窺覘之患，孰防未然。屹屹臺臣，出治斯土。漕时多虞，寔備群侮。陳謨在廷，惟皇聖明。乃集輿議，乃觀地形。營兵如林，時屬戍守。且練且修，工弗外取。倉有積粟，鍰有贖囚。有納有出，財弗外求。因城爲高，幾倍其半。其周七里，環彼三面。望之巖巖，陡之巉巉。河流在陽，其水潭潭。前有連城，後有碑壤。越百餘年，既崇且廣。古亦有言，安不忘危。惟臺有臣，爲藩爲維。金湯高深，同彼帶礪。守在四方，傳於萬世。

重修通州大運倉廟垣記

新喻傅瀚 翰林院修撰。

增福廟，在大運西倉之中，蓋我朝永樂間立倉時所創建者。倉凡四所，舊俱未有。正統元年，命以在城中者爲大運中倉，城東者爲大運東倉，其在城外今爲新城者，爲大運西南倉，則督倉太監李德、通政李暹之所請也。廟以翊佑倉儲而設，歲久日引而壞。成化十六年，督儲太監韋公煥奏欲修之，得旨，而以臨清之往未果。繼是，督儲太監周公讓悉力茲役。既治倉之垣，若門，若牌表，若環倉之鋪，於是，廟之棟宇扉壁、瓴甓丹堊以漸興，而百廢具新矣。厥既落成，公乃令其猶子上舍生福賫書幣詣予，屬記之，將刻石置諸廟中。大夫運之倉，[注一]朝廷以貯江南之漕，以充軍國之計，以壽宗社之脉於萬萬年者，其所繫視水火之切於人，尤大而重。夫事大且重，則凡維持保護，使無纖介意外之虞，以資億兆源源之需，以紓九重宵旰之慮於無窮，殆有非人力所盡能者，是則神以翊之，亦其宜哉！夫廟宇之修飭，較諸倉庾，其尚可緩乎哉？夫受命而膺督理之寄，則於職任之中，固無一非所當事者，然其間輕重緩急，尤當有擇。知所擇，則其設施措置必不紛紜舛錯，以乖事宜，以病軍民，以付聖明之托於悠悠者。然則若太監公者，謂非其人可哉？然則其他興利除害，以厲廉隅，以斂群下，以薦承褒遷之榮，蓋信乎其不虛矣。廟有殿有寢，重門兩廡，榜曰增福，其神即增福神。公則淮之睢寧

[注一]「大夫」，據文意似當作「夫大」。

世家，自幼敏而慎，不妄取與。正統末，始入內府。景泰初，即莅惜薪，升內使。成化丁亥，簡任通倉兼督。無何，升奉御瀝都知監監丞少監，擢今職。累拜璽書，并蟒衣之賜。其忠藎榮寵，蓋方進未艾云。

重修通州城隍廟記

古燕王宣通州分守。

成化丁未冬，余奉命分守通州，祗謁敕封靈佑侯城隍之神廟庭。維時殿宇宏麗，廟貌嚴肅。自是每節辰暨朔望，必具香楮，躬拜庭下，以祝神佑。如是者十有四載。乃弘治壬戌秋，廟毁于回

禄之變。余深自引咎，以事神未謹，致有兹變。於是召郡之高年篤行、素爲人所推重者十有三人，家饒於資、樂善好義者又十六人，於前喻之曰：「事神治人，爲政首務，且神之於人，陰陽表裏。使廟貌不飭，廟祀不崇，其不至於慢神而虐民者幾希。汝其圖之。」州守聞此，亦具彩幣，舉卮酒以勸。前所召者各損己資，以倡其先，又遍訪關城坊市樂成其事者如干人，疏其氏名，復以余言喻之，俾其亦損資以助斯舉。乃貿材啓工，一新制作，充拓其舊規。殿廡亭户，靚深高

奕。□□□□經始於弘治癸亥春□□□□□□□□□□□□□□□□□□□記以紀其實。予以衰老請□□致居京師四載矣。且文非武人事，辭之者再。偶憶還京之日，辭神於廟，衆以茲事請，余既諾之，義不可辭。竊惟天地之大而妙萬物者，神也，神之靈則繫於人心，人心之誠，神必應之。我太祖高皇帝，以聖神文武之德，奄有四海，於天下嶽瀆與凡山川城郭之神，血食於一郡一邑者，必嚴其祀典，俾有司歲時致祭。淫祠非祀典所載者，則毁之，以正人心。鴻規遠

度，萬世遵仰。矧京師爲天下之本，通州實京師之喉襟，故朝廷持命武臣，训兵□武，以镇重其地。宣廟臨御，命應城伯孫□爲鎮守官，繼孫公者，則都指揮二人，繼都督□公者，又都指揮四人。廟之創建，始於前朝，作新於洪武之初。歷年既久，重修者不能遍述，州守屢更，亦不能詳考。羽流司焚修，代有其人。余故歷序列聖命官捍衛之意，事神治民之典，勒之貞珉，以垂於後。襄事既損資者姓名，亦列於碑陰，用爲慕義者勸。復系之以詩，曰：

皇明代天臣萬方，神武赫變又

運昌。事神治民載典章，鴻規遠度超漢唐。高城矗矗潞水陽，神之主者功必揚。廟庭翼翼嚴殿廊，神功庇民壽且康。神錫繁祉亦孔彰，敷民之惠祛民殃。城池永固同金湯，窮山絶域咸梯航。靈風飄飄神洋洋，雲旌隱隱鸞鶴翔。庭墀鐘鼓鳴鏗鏘，笙簧間作呈琳瑯。黍稷蔽野歌豐穰，時維秋矣届肅霜。登盈仰荷千斯倉，群黎鼓舞迎嘉祥。巍巍功德歸我皇，烝民粒食陳綱常，天庥永永垂無疆。

新建潞河神廟記

太平李貢巡撫都御史。

朝、白二河，源北出虜境，入中國，至順義縣合

流，至通州，又合富河，南至天津入海。國初，開平忠武王常遇春平通州，東瀕潞河築城，今百四十年矣。初，王之城也，〔注一〕亦慮河爲患，乃於城東北隅約去二丈許，砌石一道，中實土以護城基。歲久，水衝射淘涮，石半没於水，土亦坍落，視城基反下數尺。城基石離離然，勢若崩墜。守者復不謹，縱重輿經其下，震撼躑躅。城危甚，將就圮。正德壬中春正月，貢閲視，憂之。乃謀於黄分守璽、楊知州浚、樊指揮靖、陶指揮寧等，暨州之父老士庶，咸謂河流近改而西，城東北隅正當其衝，宜背隅向河

〔注一〕「城」下原有一墨丁。

築石爲臺，障水使東，且以拒行重輿者，城可無恐。王舊所砌石築土，亦宜修復如故臺城。予曰：「築臺障水，人力也。使無神以主之，人其能乎？更於臺上作廟四楹，以祀潞河之神。昔蘇文忠公守徐，苦河患，乃建黄樓以鎮徐城，謂土實勝水。令貢築臺，直以潞河之神主之。神蓋五行之精，妙運以相爲用而不相害者也。河之東必矣。」臺高一丈，廣六丈五尺，袤三丈九尺。復舊所砌石築土三百丈。工始於四月四日，畢於閏五月二十日。董其役者，千户白璋、周堂、劉良、吕琦，皆能副所托。學正洪昇請貢記其事，又作迎送神樂章，使通人歌以祀神。云：神之來兮潞洲，雲爲蓋兮霓爲斿。睹浩渺兮西改東，積沙兮成丘。通之人兮懷憂，構祠屋兮羅羞。紛史巫兮拜舞，嚴陟降兮夷猶。异默運兮神畿，復故道兮安流。神之去兮□宫，駕兩虬兮挾飛龍。慰通人兮無恐，將汝城兮加封。爲櫰桷兮，椒塗垣墉。誰肇兹祠兮，既雅復崇。神歆格兮錫福，揮此水兮東□。神之去兮復來，願修祀兮無窮。

新修通州察院題名記

四明姚淶左春坊左諭德。

兩京設都察院及十三道，以統憲紀，而兩畿諸藩諸鎮，又設巡撫巡按，以分治之。森布徽章，嚴飭軌物，所以肅群吏而貞百度。治體之所關者，其大若此。御史之按行四方者，凡銜命而出與夫竣事而還，皆有常期。惟在北畿者异是，蓋治兼畿輔，中外之勞，惟均京府。若縣尹，若令咸，所繩督往來出入，歲至再三。故其居京師者，期□□焉。夫使事有職必有署。今畿内吏所治兵所戍，皆立行臺以備憲度，而京師若闕焉者，何也？蓋天子臨御之所，又總憲之署設焉。諸司之置之，載之恒典，義不可別有建也。雖然，吏胥有□稟，獄訟有控訴，案牘有酬答，法令有裁處，寧可以道路治乎？且初莅政重事也，受代亦重事也，而無恒居所。舊嘗即私第以居而嫌於褻，即武署以居而嫌於假，即梵宇以居而嫌於溷。人思有以處所之，未遂也。歲癸巳，御史聞人氏有事兹土而疑之。乃曰：「京師非設署地也。通州東去都城不五十里，東以通平灤，南以聯滄瀛，中以應宛大，外以接昌密。憲臣宜常處於此，而舊署隘且圮，非所以慎防也。是宜葺而增之，以爲弭節之地。」役未舉而錢君以時伐之，議及斯役。錢君曰：「此吾夙志也。君發之，吾成之。」於是財以羨取，不出於經；工以良聚，不乖於度；吏以能相，不愆於期。未朞，有司以就緒告。基斯崇，墉斯厚，闉斯闢，堂斯敞，室斯奥，樓斯迴，廬斯翼，度斯飭，威斯辯，畿輔之行臺，斯其爲最。奉使者自始事暨於終事，必以斯臺爲歸。而數十年之簿書，復得樓以藏，皆前此所未有也。在昔巡按若干人立石題名於河間之署，今改置於通，亦所以重斯臺也。錢君之持憲，慮詳而整，意廣而密，故其所猷爲，往往度越前人。斯役其一也。用紀其績，以告後之人。

通州巡倉察院題名記

金谿洪范提學御史。

御史職專六察行，郡縣各有察院，布凡令，肅群吏焉。然甲往乙至，歲恒無專居，故院多無題名。通州控漕河，距京師餘一舍環□惟正之。貢賦歲入數百萬。若武衛工隸諸仰給，咸於是具。其諸峙於通州者，僅其入之半，則夫典出納，稽耗冗，雖分授地官郎署諸職，而厲條禁，攝姦撓刻，□搜隱歲，尤於御史一人是屬。故通州舊城，察院一區，爲凡御史有事於境所居之署，新城一區，則惟巡視倉儲御史居之。甲往乙至，固無得而俱也。歲歷滋久，而嘗事事於是者，雖顯晦殊迹，賢不肖异品，而名氏之存故牘，猶秩然足稽。前事後師，雖百世下，尚論其實，不有可仰可戒存於其間哉？孔子曰：「三人行，必有我師焉。」孰謂炳著莫掩，如諸先進，不皆後來者之師乎？此題名之作，雖非古近世儒者，俱不之廢，得非寓觀感而於治道士節，亦有所資者乎？然名非所以勵君子也。然疾没世而名不稱，則固愧乎實不足以有稱也。况激揚繩糾，以至爬剔□弊於錢穀出納之司。若今署，殆熏社鼠，理棼絲，御史之實，信未易以盡舉者也。顧其名，能不歉惕而圖所以自樹者耶？則題名固非觀具，而宜以義□也。新喻黎君乾德，久持風裁，按視於此，垂代處先進。諸名氏久或淪逸，無所於徵。命州之長史陳溥，具勒貞石，用昭有永，寓後觀也。謂予亦嘗承乏，宜爲之記。予顧孱陋，冒列臺末，既十餘稔。追惟往愆，日倍慚歉。名厠諸賢之後，竊有榮焉。若無似之實，尤足爲後鑒云。故記。

户部分司題名記

常郡邵寶總督漕運都御史。

通州倉，户部歲委員外郎一人，主事四人，或七人，或九人，監出納之政。蓋分理以共成，而有紀綱焉者也。其所居公館，中爲團亭。有事議焉，有客燕焉，皆於斯在。弘治間，有爲題名之榜揭於亭楣者，始自壬子，迄於己未，凡六十有八人，其名與貫，具在可覽也。由庚申以來，以榜盈故，莫之嗣書。今員外郎祁君敏主事，成君周、李君仕清，馮君訓、向君文璽，謂是缺典，相與徵諸故籍，别爲榜書之。凡四十有九人。而虚其左方，以何來者。於是，予督漕至通，諸君請書歲月，因念昔承乏司徒屬。一榜所書，舊寮居多。昌黎所謂「烏得無情者，予實有之」。惟古人於名山川，一登臨游燕，必有題名。寂寥數字，而千載一日，不惟其官，惟其人耳。今諸君賢勞於國，更必以歲情乎誼，處禮交道，益非尋常簪盍之比。揆以古義，欲已於書，其將能乎？雖然，是非不敏所能與也。第感諸君意勤，不可無所復者，請舉司馬公記諫院語，再三誦之。

工部修倉分司題名記

維揚楊杲通政司右通政。

通州新城之西南隅爲工部廠，廠以其屬主事一人領之，所治不一其事，而惟修倉掌收磚料爲專職，所以重儲營國也。廠之經始歲月，漫無文字可稽。廨屋寢老敝弗稱。前任人名氏，遠益淪没不聞。比年，平湖屠君文奎、晉江葉君粟夫，始相繼考尋其可知者，榜置諸壁。亡何，輒漫漶缺壞，不易識别，要非經久圖也。正德戊寅，海陵華君源楚來領廠事，慨然曰：「廠敝弗治，廢事之首也；題名無石，缺典之大也。事廢典缺，非舉

其職之謂也。」白其□□□部光説，有經營意。時轉大内之本，繕南巡之舟方棘，而又董土橋、南溥二閘之役，職務浩殷，視舊爲倍。君顧不自暇逸，用能殫力集事，得以隙工羨材，有事是廠。外新坊扁，闢重門，内廣廳事，飭公館，以至食堂、寢室、吏廨、料舍，總之爲百二十楹。架良壁堅，亢庫拓隘，莫不壯麗完好。始己卯春二月，訖庚辰冬十月而成。上不知費而下不言勞，自非優才力長計算者，夫孰能舉其職如此？既成，乃立石廳事之左，悉題前所榜名氏、爵里其上，而告其郡人

楊杲爲記之。杲惟名者，人情之所喜也。没世不稱，雖君子疾之。然名出而議加焉，才否辨焉，孰爲有勞，孰爲有負，孰有勞於是而他則寢懈，孰無負於是而後固難知。蓋我無遺情而人有備責也。是所可喜不適爲可懼乎？君之能舉其職如此，所謂有勞者也，無負者也，去是而位益崇、職益舉，皆有勞而無負焉。雖名天下傳後世可也。一廠一室云乎哉？乃若恃成而玩，狃俗而渝，固君之所不爲，而非余之所敢聞也。斯言也，天下之言也。敢因以告嗣君而來者。

工部都水分司題名記[注一]

通州設有工部衙門二。其一曰廠，乃營繕分司，專以督修大運倉庾，以儲軍餉，其所由來久矣。其一爲都水分司，則嘉靖七年，爲修通惠河而設也。特置郎中一員，以領其事，例以三年爲代。奉敕行事，職主通惠河，兼管天津一帶漕運河道。凡閘壩之修營，堤岸之培護，水道之疏浚，咸屬攸司。聽得隨宜從事，而軍衛有司事涉河道者，統受約束。與營繕分司，雖所職不同，要之，均爲漕運計也。嘉靖辛亥，余以制回籍家居。明年壬子夏四

[注一]此文爲補刊，作者名原缺。

月，都水正郎姚江王君維中來督河道事。一日謁余，而請曰：「都水分司之設，於今二十有四年矣。前後司事者若干人，往往得代而去，而無所紀名。今求之，則已識忘相半矣。所幸年未甚久，而案牘間有可稽，舊吏故役，亦有存而能記憶者。公餘，檢之積案，參之舊人，得前此司事者十有三人。及今不爲題其名藉，久之，皆將淪没而無所於考矣。茲將序其姓名，注其任履，附以科貫，勒之石以豎於廳事之左，用昭既往俟方來也。惟公其記之。」余曾叨貳司空，且與王君有夙雅，義不能以不文辭也。嘗觀孔子有曰：「夏禮，吾能言之，杞不足徵也；殷禮吾。〔注一〕

烈婦葉氏墓碑記

濮陽李廷相 禮部右侍郎。

嘉靖甲午三月乙亥，通州舊城西觀音堂之東，有寠人許紳道卒，厥妻葉氏死之。其事甚烈，震動遠邇。大中丞張公嵩中望，暨州守張公旆而下，咸以文祭之。侍御錢公學孔以時上其狀於朝。大宗伯少傅桂洲夏公言公謹謂宜建坊，以勵風化。州民嗜義者，施棺及地，與紳合葬。葬之日，男女聚觀，無慮萬餘人。又爲祠，歲時祝焉。而

〔注一〕明嘉靖間吴仲《通惠河志》録有此文，作者爲楊行中。后缺之文可據補。

張守謂廷相曾備員史氏後，宜文其麗牲之碑，以昭示四方，以不朽葉氏。君子謂斯舉也，其於國家化民成俗之意，不爲無補。法得備書。[注一]廷相嘗謂天地有大經，人道有大閑。何謂大經？綱常是也。是故君爲臣綱，父爲子綱，夫爲妻綱，猶室盧以居止，菽帛以服食，斷斷乎其不可無者。何謂大閑？節義是也。是故臣之必死於君，子之必死於父，妻之必死於夫，猶冰之必寒，火之必熟，斷斷乎其不可易者。然是三者，夫妻尤爲重焉，故《禮》珍羔雁，《易》感山澤，《詩》咏《關雎》。蓋有夫婦而後有父子，有父子而後有君臣。人倫之本，風化之原，可不重乎哉！顧世降俗移，人心久失。雖號爲丈夫者，尚不知節義爲何物，一遇利害僅如毛髮比，輒反面若不相識然。是故，臣悖其君，子悖其父者，往往而是。况閨門孱弱之質，素不知書，而能視死如飴，略無所爲而爲之者，豈不尤爲難得也哉？今觀葉氏一死之烈，足以照耀今古，回視丈夫，反有所不如矣。豈非綱常之巨擘□，國家之大端也哉？初，葉嫁神武衛舍人許紳。紳家故商也，頗饒於財，

[注一]「備」，原爲墨丁，據《康熙通州志》補。

然乃任俠不羈，交游非類。葉屢諫勸，紳不從，或撻之。葉終無怨言。久之，舊業蕩然無所歸，紳乃出投所親，葉泣而隨之。然竟用困抑，不遂而死。葉乃守屍晝夜悲號，聲不絕口。居民哀之，或饋飲食，或遺金帛，一無所受。或歆其改適，以葬故夫，毋徒自苦爲也。葉愈加悲慟，曰：「所□既喪，妾惟欠一死而已，安能復事他人乎？」用是，水漿不入口者，十有四日。僵仆屍旁，竟殞厥軀。嗚呼！即葉氏一念之正，雖當衆鬨群咻之時，絕不爲動，心肝摧裂，血泪淋灕，要必至於

死而後已。是故貞珉文石，不足爲其堅也；蒼松翠竹，不足爲其節也；皓星朗月，不足爲其光也；珠冠霞帔，不足爲其榮也。是宜朝廷嘉之，諸士大夫重之，閭閻細民哀慕之，至形諸圖畫。蓋天理之不容泯，而人心之所以不死，固若茲哉！惟昔饒娥，父溺鄱水，求之三日，氣盡伏死。柳子厚書之於碑，以爲至德。今葉氏當哀毀饑餒之餘，有合於從一而終之義。從容就義，得其死所，以爲至得與饒娥相埒，是爲可俾之泯泯無傳於後也哉？葉爲浙之蘭谿人，父名欽，死之日，

年甫二十餘歲。州民嗜義者名氏，别具碑陰，兹不贅。銘曰：粤自灝穹，維人生焉。肇於夫婦，萬化攸先。世降俗澆，罔知節義。有克蹈兹，舉世爲异。烈烈葉氏，維德之柔。合貞抱粹，誰之與儔。故夫不遭，暴屍道□。俯仰世間，一死斯可。有衣弗衣，有食弗餐。吾夫弗覯，吾躬曷完。日夕待期，庶幾同穴。用表此心，青天皎月。惟柳之誄，簡而實華。惟黔之被，正而靡斜。桓鸞刑耳，共姜守義。凡若而人，亦各其志。懿兹葉氏，世家匪儒。氣靈而秀，惟順是圖。豈曰要名，

耻事二姓。其誰不死，得其正命。鄉人好義，爰葬斯丘。生無所歸，死復何求。有坊巍巍，有祠世世。百千萬年，貞烈之祀。

□□□□□□　九江孫冕州學訓導。

天爵□□，先世以民隸順天府通州，代著隱稱。父賢，習舉子業，慷慨有大志，未酬，以疾卒。兄壽，游州學，所□猶厥父。天爵痛父兄之困，憤欲繼其業，勵志爲學。治《詩》，精舉業。進儒學，補弟子員。較藝場屋，獲弟登仕皆有待。正德四年，偶得痿痹疾，家居醫治者，凡八年，弗

獲瘳。衆以是尤造物者之薄孫氏也。烈婦諱淑廉，通士吴文質女。自幼性沉毅，隱然有烈義狀。長擇所歸，適天爵，情和而篤，□事以敬。天爵誦書夜分，烈婦事女工，倍不少倦。天爵邃於學，烈婦有相之道焉。天爵疾，烈婦扶持飲食，煎理湯藥，持素懇神，曲盡調護祈祐之道，八年猶一日也。迨正德十一年七月一日，視天爵疾革，飲食不進，乃爲之大慟，曰：「夫没有嗣，吾爲夫後活也。今且死無嗣，吾何以生爲？」誓必以死從。悉出其所積金珠衣帛物，散之娣姒親舊，即

絶食不食。凡親族及素厚愛者，或勸或强或泣請，皆拒不聽。且曰：「與其後夫死，孰若先夫死？死乘其見，則吾目瞑矣。」至二十二日旦，覺神氣异，乃起，沐浴更衣，甫畢，適届辰刻，遂卒。至二十七日夜子時，天爵亦卒。嗚乎！民理天彝，常存不死。烈婦從死其夫，言不自食，從容幾月，視死如歸，略無毫髮怨悔意，誠所謂從容就死殺身成仁者。在烈丈夫，猶或難能，顧曰婦人云云。且其孝舅姑，和娣姒，慈卑幼，勤飭女紅，樂延賓客，皆表表可爲閨門範式。如天爵者，

其立志甚遠大，撫孤遺，睦宗族，親賢友善，咸不悖於道。至於好善嫉惡，不少假借，尤爲衆所道誦。是故，刑於其妻者，有是烈也。天爵生於成化丙戌十月二十七日子時。烈婦生於成化庚寅四月初八日未時。既卒之年九月十九日，若兄祺弟暨侄哲言古善，吾咸服其哀。遷柩於城南桃園祖塋合葬。托其友張生鍾狀行請銘。予忝與通風教者，且將上其事於朝，請族其門，〔注一〕垂不朽也。銘何吝哉？銘曰：氣習既頹，天彝罔移。男志女烈，恒性匪虧。經濟是究，賢堅式師。天胡弗慭，賫志以歸。絶食以誓，從容而終。生曰同衾，死曰同槨。綱常之奇，山川之光。高風貞烈，我銘於岡。於維孫子，學冀有爲。烈哉也吴，身爲夫從。我願既畢，我心不忙。

通州儒學進士題名記

姑蘇袁秦 學正

嘉靖改元之明年，秦會試春官，弗偶，謁選吏部，得順天府通州之儒學。至則進諸生，詢故事，率多廢墜不舉，將欲修補而未能也。乃博於僉謀，意於己見，所務姑從此碑始。而同寅趙君澄、黄君寶、管君九雲，皆言諧志契。遂按科年，考名

〔注一〕「族」，疑爲「旌」之誤。

氏，自國初至今，凡若干人，鳩工琢石，以次刻之。謂秦宜有記。夫進士之名肇於周，其科制於隋，唐宋以來因之，而取士得人之盛，無逾此途。至我朝，尤甚重焉者。內自師保，以至九卿，外自按布，以及州邑，多於是取之，重可知矣。然人知其重，而不知其所以重也。道藝克精，獻爲克裕。居內則彌綸參贊，以攄調燮之職，居外則惠鮮懷保，以殫撫字之方。措天下於大康，登國家於上治。此其所以重也。若乃剽竊器名，叨享禄位，而於世道無所裨益，則亦何足重哉？昔人有傳臚而慶雲兆祥，喬選而士習丕變者，其所關係可知矣。或曰：「通州密邇帝京，士之舉於鄉，躋身大廷，登名天府，而傳諸天下者，聞之稔矣。又何必碑於學而後爲慊耶？」秦曰：「不然。天下之物，凡可以爲世用者，人必識其處，冀其有益於後也。況人物之靈，而進士又人之秀也？赫赫於一時，而泯泯於鄉國，可乎？故於科貢之士，既爲之扁，以列其名，於進士，則又爲碑，以表其异。豈直以侈其文哉？將俾通之後彦游於學者，出入締觀，曰：『某進士，吾鄉舊德也，立朝

［注一］「州之境內」至「可備考也」一段是纂者楊行中語。

有忠貞之節；某進士，吾鄉之姻屬也，居職有循良之功。』庶幾悠然思，奮然勉，變可輕之習而爲可重之歸，其有功於名教，顧不甚大矣哉？此則碑之所由建也，此則記之所以作也，此則之所務以爲先也。」

重修佑勝教寺舍利塔記

嘉禾楊明訓導

州之境内寺觀碑記，不下百篇。獨録此者，以中間紀有事迹，可備考也。〔注一〕

通州佑勝教寺，在州治之西北四十步，逼近城塹。其疆址袤僅一畝有奇。僧房庖厨之所，淺

而且隘。有燃燈古佛舍利寶塔磚甃者十有三層，高二百八十丈。下作蓮花臺座，高百二十尺，周圍百四尺，虚其中。塑燃燈佛想以供奉之。考其斷碑所載，創始於唐貞觀七年癸巳，歷五代、大遼、金、宋，凡八世。至元大德七年，有僧名月潭，至正七年，則有海淵，皆寺之住持也。前後募緣重修，復得月潭之法孫曰湛堂，以繼葺之。奉訓大夫山東都轉運司五十使州判官篤烈圖述、國子生員馮爾麻世理者爲之訴。溯流而源，由唐貞觀七年至我朝成化二十一年，幾千曆矣。其形勢聳

然如故，凌雲插漢，嵯峨峥嵘，誠一郡之偉觀也。塔之頂有鐵矢一，世傳爲大金時楊彦升射中於其上，迨今猶存。每值天朗气清，大明麗空，則塔影垂映於白河之中。河去州五里許，而其奇异有如此。惟塔頂寶瓶鐵索，與夫上下獸吻磚甃，歷年久而殘缺剥壞。嘗有僧名道山者，與夫徒德海、德安欲補而新之，不果。乃成化甲辰，山之法孫曰文珍輩，協善士李昇輩，持疏遍謁郡中達官庶庶，求施金帛以修葺之。仍造石梯一座，以便升降，長十丈，廣八尺，計三十有級。磚以塊計，二萬五千，灰以斤計，七千五百，石以丈計，三十有五，與夫匠作工價飲食之需，通計銀百五十兩。豈小補云乎哉？事竣，僉曰：「不有文以記其盛，則後世泯焉耳。」珍乃礱石成碑，偕衆善士詣學宫，請予爲記以勒之。余以寺鄰於學，旦暮聆其鐘磬之音極始終，始終不怠，有以知珍之道行堅恪，故不辭。竊惟釋迦真身舍利塔，見於明州都縣阿育王所造。唐太宗命取舍利禁中，度開寶等地，造浮圖十一級以藏舍利。信乎，佛塔之建，其來遠矣。嗟夫！佛氏之教，無非使人避禍趨福，而皆有以爲善也。故世之崇信尊奉之者，雖傾資竭力，無所吝惜。今佑勝寺之舍利塔，爲通之古迹，而好善之流皆翕然樂助，此非佛氏之所能以使人歸嚮如此？而文珍輩豈非能卓然繼述，而不廢舊業者與？不然，何以成如是之大功也？余重其請而樂爲之記，俾後世知是塔之有所自，抑知公卿士庶之贊成勝事云。

鼓樓記[注一]

安陽郭朴 翰林院侍讀。

通州故有鼓樓，嘉靖戊戌，焚於火。越十年，丁未，巡撫中丞洛陽孫公行部至郡，顧見遺址，念焉。時方飭戎備，咨民隱，未遑也。明年戊申，百務薦舉，民安以和。乃集屬協議，撤殿材於廢寺，稽羨資於郡衛。檄同知張仁、指揮馬繼宗董其事，即故址樓焉。增崇拓基，堅築密構，甃石楹桷，視昔有加。經始於莫春，閱三月而訖工。高臺巋立，傑閣翼翔。州守汪有執以學正張應瑞來徵文紀成。予惟鼓樓，蓋古者靈臺挈壺之職，望雲物而察祲祥，考漏晷而候晨夜，以授人時，以詔民事。斯制度政理之大者乎？夫制欲其稱，弗宜隳，政欲其飭，弗宜弛。通州密邇皇都，當東南

[注一]文題原缺，整理者據文義補。

舟車之會，冠蓋絡繹，輪蹄旁午。且郡衛峙設，兵民錯居，實畿輔要郡云。而鼓不以樓，漏寄他所，民闕觀聽，作息靡時，不可謂稱。通衢鉅會，四方瞻睹，頹基荒鹿，漫不省治，不可謂飭。則茲樓之建，誠弗容緩，固非侈游觀而煩土木也。矧財無妄費，力不煩衆，成不逾時，綜畫明作之效，又章章足稱也乎！中丞公自諫垣揚歷於外，幾二十年。直聲確履，爲海内所稱許。邇者保釐郊畿，經略邊鄙，厥績方茂，豈係茲一樓之建哉？聊記歲月於石，見樓興復之故，用諗夫觀者。中丞公名應奎，字文宿，以正德辛巳進士莅今任云。

通州鎮守分守題名記[注一]

郡人汪獲麟 山西右布政。

昔我太祖高皇帝建都應天，命將定中原。開平忠武王常公遇春下通州，務安輯。無何，往定它方，時則通州隸於北平。暨太宗文皇帝遷都北平，改爲順天。通州實接壤東南，相去餘一舍。川途皆通，邊海兩近，爲都輔第一要地。始敕武臣一員於茲，鎮守應城伯孫公巖蓋首舉焉。厥後更代靡一，率爲故事。至憲宗純皇帝采納群議，以鎮守爲分守，其頭銜稍有隆殺，而體統則無移

[注一]此文與下篇《新建通惠書院記》是補刊。

易也。先是，當斯官者就通州莅衆，歸則行事於私家。分守張君經素能持廉而又節用，歲入均徭之資，致有積餘。卜一舊第，更新之，爲公寓，遺於代者，咸稱便。嘉靖改元之秋，周君天象來任分守。周君名璿，通産也。嘗以指揮使掌神武中衛事，守爲有聞，爲兵曹所薦，增秩都閫督理漕運京儲官，聲益振。尋復被薦，遂拜是命。節臨之初，惓惓于興廢政，或抗章朝廷，或投蜆當道，多所俞允。甫及一載，武備修兵威立，盗息人安，撫按憲臣獎舉至再矣。孔子所謂「期月而已，其亦庶幾乎」，然猶不自爲定，謂前鎮守分守必有我師，第世遠人去，聞見弗詳。於是稽諸案牘，詢諸耆老，所得凡十有四人，録之於楮。誦記或至遺忘，乃購貞石，題其名，分注其字與官任。又附己於末，虚左□以俟。立於張君所遺公寓廳事之左。朝臨夕對，觸目警心，循人之名而夷考其行，所以模範後進者，何如顧己之名而自求其實？所以私淑先達者，何如董戎察乎是，禦寇察乎是，樹勛業亦察乎是？將兼衆長而時出之，有師之謂，殆非托諸空言也。属予記其事。予辱鄉舊言，弗容辭。考諸載籍，仕宦之名題於石而爲之記，昉於唐，盛於宋，通行於今。天下文武諸司，通州鎮守分守則闕典既文。周君獨能舉之，使凡往者之過，來者之續，其名皆簪盍。鱗次大書，深刻於鉅石之上，同顯當時，同傳後世，同永存乎天地間，不至泯滅。廢政之興□及其□□矣哉！且謂有師即書，所謂人無□□□□之處，乃進州守汪君有執暨學正張君□□争於庭而告之曰：「爲治之道，匪政令是先，惟教化爲急。惟兹通州密邇京師，實爲天下首郡，而學舍未備，諸生之

以誦習來此者，其何所居以圖惟厥功？且今天下郡邑，有官其地而有成績者，與鄉士大夫生其地而有卓行者，率皆祠以祀之。今聞通州亦缺焉，其何以示觀感之道？可度地之閑曠者，建爲書院，即其後爲名宦鄉賢祠，實使諸生朝夕游焉，并以興其式憲之志。其諸生薪膏之資，宜圖恒厥業。其劑量所費，買田郡人，俾常税外，歲取租直，以爲書院之用爾。諸大夫盍圖之？於是有執等乃以學宮之有曠地爲請，侍御君遂臨視之，曰可。乃出所積罰鍰，檄汪君有執鳩工須材，屬

州二守張君仁董其事。經始於嘉靖二十八年二月，越兩月而功告成焉。爲屋三十有三楹。後列六楹，左三楹以祀名宦，右三楹以祀鄉賢，中三楹爲講堂，堂左右爲學舍十有八楹。爲儀門、外門各三楹，周以垣墉，塗塈丹雘。既堅且飾，罔不翼翼。買田七頃有奇，歲入租直頃七兩如。侍御君令院成扁，水監當於民監之意，抑非獨善計也。蓋同寅□源交承，凡睹石上之名，亦將師其所師，更相踵躅，協恭一德，其守地方，諒必有助顯益者矣。雖然，以今望前，我固師人；以後望今，人則師我。《語》云：「擇其善者而從之，其不善者而改之」，皆師之謂也。烏虖！彼從之而師，則此之名善，彼改之而師，則此之名不善。然則預名兹石者，其可懼哉？君子貴自勉，徒懼非夫也，因記以告。

新建通惠書院記

郡人楊行中刑部左侍郎。

書院古無有也，而有之自宋始。自白鹿洞、嶽麓、嵩陽、睢陽四書院擅名天下，而後相繼建置，不下二十餘處。或以崇祀先哲，以風鄉俗；或以延集生徒，以講道藝。至我朝，天下郡邑建置尤多。雖邊隅海陬，亦設有書院。聞者慕之，過者瞻仰，亦文教一勝概也。通州舊無書院，雖建有儒學，而黌舍未備。士子有志向學者，往往僦僧房道舍以圖講習。乃嘉靖戊申秋九月，侍御桐城阮君以督視倉庾，弭節通州。首造儒學，既展謁先聖矣，升堂開講。因詢無諸□□□書院，以院邇通惠河，且其河爲督倉察院所經營者也。嗣是，侍御巴陵姜君、雲中温君、蘭溪鄭君，皆相代臨視，以稽比興廢。庚戌，阮君復奉天子命，督理京畿學政，闡道術以淑士習，崇節行以勵風俗，

而通惠書院乃其所肇建者，尤屬意焉。檄今州守陳君宗武懇余記其事。余因是而竊嘆。夫道化之在天下，蓋有待而興，而地運之盛衰，其亦有時也。學宫右地舊爲佑勝寺。正德壬申，巡撫御史中丞太平李君臨通視學，狹小學制，乃撤寺以廣學宫。功未就而去。曠夷至今，四十年矣。今仍其地爲書院，然則道化之與地運，當興盛於今日乎？夫古者大學之爲教也，時教必有正業，退息必有居學，所謂藏焉修焉，游焉息焉，然後能安其學而親其師，樂其友而信其道也。今書院之置，

實邇學宮。諸士子朝升學堂，得以正其業於師；退息書院，得以信其道於友；時修祠事，又得以景行先哲，以起其效法之念。而今而後，吾通人文之盛，將倍於往昔矣。阮君之所以嘉惠吾通者，豈小補哉？若或虛其祠而俎豆不舉，曠其舍而弦誦無聞，甚或借他人以宴游，宿過客爲逆旅，則於建置之良意，不無有負矣？吾黨之士，其尚念之哉！是爲記。

三河縣

元　文

重建講堂記

王約 禮部郎中。

禮部侍郎田君嘉甫告余曰：「吾邑三河縣，始城於後唐明宗長興三年，宣聖廟未詳其初，而廟之講堂，乃金太和五年蒲察公創焉，榜之曰明道。迄今將百年，而摧圮無餘。縣當京畿東道之衝。前尹數輩俱以供需之故，不暇計也。今尹劉君鐸自元貞二年宰是邑，凡昔政之剜弊，漸漬而完緝之；農民之利病，隨宜而興除之。夙夜勤恪，巨細畢周。一旦，謂同僚曰：「田闟訟簡，賦均盜息，政之常也。學校不舉，政之大疵。

既釋奠有歸，而受業之所久曠，可乎？乃密與邑民之望六七人，協議籌度，即明道故基而爲之堂。凡肯構之費，一不擾於民，而厥績告成。尹率其僚隸及縫掖之子，具酒殽以落之。落成之四月，尹以病卒，適瓜代之日也。尹來甫三載，上府稱其敏，黎庶享其惠，胥史服其明。又不以逼邇代期，力營學宇，其美尤可尚也。吏民思尹不已，仍是堂也，欲志其梗概以爲敝邑之甘棠。子謂何如？」余曰：「縣之階末也，尹之秩卑也，然承流宣化，移風易俗，實本於此。今之治縣者，例以

督責聚斂爲先，期會奔走爲急。故狼戾者寅緣以侵漁，庸瑣者依違而取給。名曰牧民，而實爲民蠹。求其所謂庶之富之者無幾，況教之者哉？劉尹之治三河，能富庶之矣。其建茲堂也，抑亦有教之之志與？志未酬而身殞，哀哉！繼尹爲政者，苟能遵其已成而遂其未成，尹雖死而無憾也。尹没矣，民猶念之，於以見尹之德於民者厚，而民之奉其尹者誠。志諸金石，乃邑之光、衆之馨，後之鑑也。云胡不可？」曰：「吾所陳者尹之迹，子所言者尹之志。古語有之：言以足

志，文以足言。不言，誰知其志？子能言矣。敢請書之，以畀邑人。」余應曰：「諾。」

國朝文

并三河驛序銘

太平李貢巡撫都御史。

賢者謀國而愚者剿説，然賢者謀之，更歷數人而不成，愚者剿之，僥倖一試而遂成。事皆有數存乎其間，不可以强也。謀國莫大於節財裕人，剿説亦近於紹休趾美。二者蓋相須焉。苟推是類以從於政，其事可少哉？三河縣東有驛曰公樂，西有驛曰夏店，皆去縣二十里。而近使者東西至，以驛隘且在野，恒不止宿，必抵縣以求安適。用是，財重費而人就困。前巡撫都御史平湖屠公、巴陵柳公合群議，參己見，酌遠近，較利害，疏請并於縣爲三河驛。下府勘處。驛傍規利者曰：是將誤傳報軍機也。勘吏比奸者曰：是蕩析久住夫家也。嘩然構扇，廢格中止者十餘年。正德辛未，貢檢按牘，得二公舊疏，嘆曰：「此非節財裕民之大者與？」疏入會議，大臣是之，司徒類請，聖明允之，不復勘處。邑民争請運二驛舊材并作，而王守備玉、嚴知縣濟、崔指揮昂又能勾稽廢餘，成之甚速，不以煩民。由是，東西使者至，皆領於驛。縣釋重負，一載里甲視昔之費，十減其半。於乎！二公謀此，心力竭矣！竭而無成，貢一旦剿其説而上之，孰料其成若是易哉？是蓋仰荷聖天子之明，與名公卿之才。洞察利害，一見即决，然不可謂其成否無數也。宜推原始謀，以刻于石。其可攘人之善以爲己功與？銘曰：漁陽之西，潞河之東。有縣三河，處乎其中。二驛距縣，各二十里。〔注一〕公樂夏店，相望伊邇。使者傳食，不止驛庭。必抵於縣，

以求其寧。畿甸之民，百役攸萃。復此無名，重并憔悴。前賢謀國，節財裕人。并二爲一，道里亦均。疏下勘處，嘩然構扇。勘吏比奸，事寢於卷。我來剿説，復入議書。大臣見采，天子曰俞。不格於奸，邑民踴躍。爭造新驛，不日有落。昔者邑民，苦于帳具。質賃倉皇，舉及繒絮。今領於驛，晏然昏曙。昔者驛民，苦于續食。稱貸急迫，信其勝息。今領於驛，安然家室。古曰興利，莫若除害。茲驛之并，瘡孔□概。古云與民，莫若勿取。茲驛之并，絲粟盡去。始謀何難，今成何易。

〔注一〕「十里」之間，原誤刊《重刻户部分司題名記》起首至「風力部臣」一段，今調正順序。

匪有數存，人豈能與。事成於我，恐蔽前賢。刻銘於石，用以昭宣。

重刻户部分司題名記

楚黄岡熊養中 嘉靖乙丑進士，隆慶元年任。

我祖宗定鼎燕都，軫念畿輔重地距邊陲甚邇，欲保泰於萬世，不可不豫爲安攘計也。于是，以國之大事在戎，而即戎先於足食，然匪得人以督理之，萬一有警，其何能備哉？大司徒祇承德意，爲國長計遠慮，特請改定順天所屬宛、大、通、薊、昌平等州縣閑餘牧地，事率有司而分給與民，量地而輸其賦，以贍軍國之計。特題屬公勤者一

人，奉命督理之，會同撫院計議客兵合用芻糧，備行兵憲等官統率。州縣有司將壩大等馬房草場地土租課，及時徵收，半貯州縣，趂時召買芻糧，以備客兵往來之用，半貯太倉，以備禁城緩急之需。凡軍衛有司事涉芻糧者，悉聽本部約束，便宜施行。其所由來久矣。□嘉靖庚戌之變，言官建議，財詘民窮，乞敕賜臣一協力講求，多方裁省，以裕國足民。疏下議，覆通州、三河等處，芻糧并爲一差，歲題風力部臣□□兼督其事。其公署，則通州、三河具存。隨宜居□□三河題名有

記。余待罪茲役，日州吕君、對滄□君、從野彭君，僉謂余曰：「先任英僚，如冀康川、李□齋諸君，嘗有事於此者，悉遺其名。且石刻多迷□，不可識别。公烏得無情哉？」余遂鳩工翻刻，以備缺典，因僭爲之言。曰：夫名，人情之所喜，而余之所懼也。余非懼夫名之艱，而懼夫實齊以副其名者之爲艱也。余曩歲乙丑，奉對廷，蒙帝賜問策。中謂屢詔百司以實，爲余每耿耿不忘。今恭遇皇上登極，新詔謂：贊帝軌而翊皇猷，實有資於忠藎。凡尔有位，尚體朕心旨意脹切。余口誦心惟，仰見我先帝皇上，望臣子務忠實以自效之，意何渥至哉！竊念國家之官，人取其實，不取其名。臣子之樹立，惟其人，不惟其官。昔尼父大聖，不辭委吏、乘田之卑，惟以當職爲忠。即今著名於石者，先後若干人。其顯晦殊踪，崇卑异秩，賢否异品，稽其名氏科貫，猶秩然可稽。前事後師，雖百世下，尚論其實，不有可仰可戒存于其間者哉？此題名之作，雖非古近者，俱不廢，得非寓觀省，而於忠義名節，亦籍是以助乎？雖然，名非君子之所疾，恒恐實之不足以浮名也。

循昔之名而夷考其行，必思所以儀刑後進者何如；顧己之名而自求其實，必思所以私淑先達者何如。受若職者，果能殫實心，行實事，建大議，裨大計，上圖報乎國恩，下無怠於職守，則忠成而實茂，實茂而名顯。由是，人咸嘖而稱之，其名也甚於旂常之載，有餘榮焉。不則，人將指而議之，其名也甚於鼎象之鑄，有餘媿焉。後之視今，亦猶今之視昔。嗚呼！是可不懼哉？是可不懼哉？

武清縣

元文

重建東嶽行宫碑記

中都路敬鉉提學校官。

甚哉，三才之爲大也！在天，則日月之外，有太白、歲星、熒惑、辰星、填星，共爲五星，不惟經緯天道，照臨下土其所在之次，於世則有爲福爲禍之殊。在地，則有泰山、衡山、泰華、常山、嵩山，列爲五岳，不惟分列方隅，限别遠邇，而在人則有福仁禍淫之報。惟人居天壤之間，雖幽顯殊塗，而有感必通。其謂此也，不亦宜乎？夫天之五星，其應乎分野之國，姑請勿論。而地之五嶽，岱嶽乃山爲大。其在四嶽，考之傳記，各有所司。惟兹岱嶽，乃地神之長，五嶽之宗，世傳默主世人生死壽夭禍福之事。歷堯舜禹湯周秦漢魏以來，惟有天都府君之號。《春秋傳》云：「諸侯得祭境内山川之神。岱居魯地，故魯侯有旅祭之禮。」迨唐通天元年，尊天齊君。開元間，更封天齊王。及宋之祥符四年，復加天齊仁聖帝之號。自有天齊之君以來，故得爲天下通祀。即今聖帝行宫處有之，以爲人民瞻依修省祈福之所，且爲郡邑瞻視壯觀勝概之獨。武清舊廟，尤爲雄麗。

此無他，一則此縣潞江居東，瀘溝在其西，海門處乎南，燕山列於北，其形勢壯觀如此。且有東漢封寇恂侯於此。昔號之曰雍陽，爲中都畿縣。至唐，更曰武清。久爲賢守令風化所及，故風俗淳雅，他邑莫比。其敬神修行者衆，所以然也。惜乎！兵餘盡爲灰燼，識痛心。聖朝膺受天命，經界既畢。有銀青榮禄大夫宣撫使王檝，慨然大啓處心，夫人張氏資内助之誠，小宣撫興嗣成繼志之，及縣長高仁恕繼成之，提控李柏松勤督工役，及本縣耆老贊助良多，故能化之。校尉馮珣、坊市李彦松等初修之，廟有光於昔大於先。創聖帝大殿於其中，右聖真君殿於其東，至聖丙靈王殿於其西，聖母位及寢殿於其西北，環於諸廊市以群司行宮，前後二大門及東西左右二掖，無不備具。其中皆奇華异卉，輕莎弱柳，扶疏照映，麗乎其新宮矣！使昔之信邸長觀者，不惟自生誠敬之心，皆由此天下之勝絶也。廟既完，囑大寧敬鉉爲之記。以友人邸長世相托，故不得以淺陋辭。謹按來狀，再焚香而爲之銘，曰：山嶽之中，岱爲尊雄。地神之長，五嶽之宗。福仁禍淫，默司宜理。唐宋而下，世爲通祀。即今行廟，處處有之。獨爲武清，舊廟尤奇。惜乎兵餘，灰燼無有。觀者莫不，痛心疾首。廢興有數，無不在人。命役鳩工，相繼相因。宣撫王公，首啓其事。夫人内助，賢嗣繼志。里中耆老，本邑縣宰。共啓誠心，率皆有賴。提控李君，督役尤勤。誠敬皆盡，廟宇一新。人奉神誠，神報人述。佇看一方，誕膺福□。

衛率府鎮撫僧寶德政碑

解節亨翰林直學士。

公名僧寶，唐兀人也。由祖遷居鄢陵。幼有

志操，性貲聰悟。既長，博覽經史。筮仕，補唐兀衛吏，以廉幹稱於時。大德壬寅，除右衛知事。先事設置頗濫，吏卒更殘，多不法。匿簿書而巧遵者有之，歇正役而給私者有之。公爲悉革其弊而還其平。又以軍器歲繕所須物色，輒賦之將吏。公曰：「幸天下治平，銷兵甲以事春農可也。何區區自取虛蠹耶？」乃請停罷之，人心甚悅。上都廨宇隳圮，積年不加營葺。公一日集衆言，曰：「聖人謂：工欲善其事，必先利其器。矧兹衛府者，聽斷之所也。廢弛若是，則吾之政

可得而窺矣。」因首出月俸，以倡同列，及吏士，亦多佽助者。乃鳩工市材，數月煥然一新。凡益舍二十楹，森然加肅焉。又以每夏分衛扈從軍器，自京以車運隨行，秋復還納於京庫，士卒甚苦之。公輒建白，以爲天子避暑之所，宮殿在焉。恒設武備，於事何多？是後，聽就上都公廨，别置官收庫，人皆便之。大德丁未，改唐兀衛知事，加授任佐郎。軍衛之政，皆取決於公，尤號練達。嘗奉使陝西、四川，都遣西征，投鳳翔。蒙古萬户拜延實提調之，因濫設官吏四十餘員。公從容謂

曰：「樹冗員以蠹食士卒，爲將師不恤軍國，此鄙丈夫之忍爲耶？」乃感謝公言，而爲之革去。至大改元時，皇上在東宫方立衛率府，命選才能者充其任。公應選爲經歷，升仕郎。其裁劃舉錯，靡有不當；簿書期會，靡有不完。闔院稱其能。未幾，宣命金符，擢當府鎮撫。會詹事何相君同中書平章事行省汴梁，朝臣祖道於章儀門外。特呼公前而試之，曰：「爲汝有廉幹之行，薦汝作都鎮撫。此親軍之重職也，汝當夙夜不懈，盡忠報國。事業之始，汝其勉旃。」公再拜稽首而謝。衆聞之，咸知公爲有用也。园營之役，公率士卒去荆榛，立經畫市井、府廨、軍□舍。蔬圃果園，莫不井井，乃内外植柳萬株。時人以咸爲多出於公贊成之力耳。至大末，駙馬塔失帖木兒知樞密院事，命公總領圍禁。勵將士，整隊伍，晨嚴鼓角，夜密更籌，五旬而秋毫無失。及皇上即位，賜弓劍鞍轡各一，金雲有表段裏絹各二，加從仕郎，以賞其勤。公之爲軍也尚嚴辨，明賞罰，撫養疲乏，去繁從簡，故能使廢者興勞者息。至於農業畢而講武，聽政暇而修文，又公之餘善也。

其總管主公忠翔翊，好德之君子也。不掩人之善，謀於上下，將立石以紀公之美以勸來，遣府掾霍秉彝來請文。辭不獲，乃爲序而贊之。辭曰：

猗歟僧寶，克才克智。博涉群經，飭諸吏事。三擢幕賓，婉畫讜議。闔院稱能，衆服其義。工作懽停，將卒均利。廨舍重修，政有所莅。以勤以廉，始終靡二。儲宮方崇，圍禁肇置。乃荷榮升，鎮撫衛卒。宣命斯頒，金符繼至。經始園營，於僻之地。作之屏之，其菑其翳。修之平之，其灌其栵。爰建堂宇，爰分市肆。軍伍民居，各定厥

位。其鎮伊何？號令嚴緻。其撫伊何？修摩漸漬。涓潔浄朝，鞏固神器。庶政既新，以受寵賜。金帛皇皇，有光善類。厥職愈修，厥政愈治。務農講武，興學待士。忠翊歸功，秉彝好懿。載宣載揚，倡率同志。刻文斯石，千載不墜。

國朝文

重修廟學記

趙宗章本縣知縣。

縣之東南十餘里，執界□泯弗堪。是歲戊申□，本朝受天明命，建元洪武，乃遷於斯，實嚮之衛率府也。舊有宣聖廟，堂在今治之東。乙酉

秋，河水泛漲，没齋廡一空，惟廟巍然獨存。詔旨屢以興學校、育人材爲急務，而莅政者以兵燹之餘，邑小事繁，民稀土瘠，未遑備舉。肆年，始延師僦市設學，勖勉民間子弟而肄業焉。六年冬閏十一月，宗章受命來牧是邑。越翌日，偕丞范宜、主簿桂盛，躬謁廟庭，瞻仰聖像。冕旒剥落，黼黻靡彰，心甚憮然。遂僉課命彩飾，復修明倫堂兩廡二齋，庠門、靈星門及射圃垣墉。丹堊焜煌，綸緣一新。不三月，厥功告成。於是，增廣生員，課其學業以奬勵之。凡遇朔望，率僚吏奠謁畢，趣明倫堂，召諸生論以仁義禮智信之理，明其君臣父子之道，俾自習焉。且夫學校誠國政之先務也。三綱五常，禮樂政教，人材賢□□化淳美，皆本於斯。實朝廷定制，以學校之興隆，在守令之責任，敢□□哉？今學宫治葺苟完矣，生員增廣苟備矣。先賢復從祀之所，師生獲講習之場，當切磋琢磨，朝暮讀誦，欲使學業日新。他日，將見其興於《詩》，立於《禮》，成於《樂》，登雲衢，躋仕版。庶幾上不負國家教養之恩，下可以展化民成俗之意。立身揚名，以顯父母，豈不偉歟？

因書其事，用識歲月云。時洪武八年己卯春三月望日，謹記。

漷縣 無

寶坻縣

金文

寶坻縣記

劉晞顏

神都全有《禹貢》冀州之域，星文箕尾之分。虞舜時，爲幽州。夏商，省幽并冀。周初，復爲幽州，召公分土爲燕國。秦始皇改制三十六郡，以幽州、上宇爲上谷郡。歷漢魏，下至隋唐以來，或爲燕國，或爲廣陽國，或爲涿郡，或爲范陽郡。都國廢置更易不常。唐末，劉仁恭帥燕，爲其子守光所因，據其地，僭稱燕，因置蘆臺軍於海口鎮，以備滄州。後唐命將周德威破燕軍於平罔，復收蘆臺軍。同光中，趙德鈞鎮其地，十餘年間，興利除害，人共賴之。遂因蘆臺鹵地置鹽場。又舟行運鹽，東去京國一百八十里，相其地高阜平闊，因置榷鹽院，謂之新倉，以貯其鹽。流衍於民間，因其鹽曰榷鹽。復開渠運漕鹽，貨貿易於瀛莫間，上下資其利，遂致饒衍瞻於一方。清泰三年，晋祖起於并汾，以遼主有援立之勞，因父事之，遂以山前後燕薊等一十六州遺於有遼，遂改燕京。因置新倉鎮，廣榷鹽以補用度。爾後，居民稍聚，漸成井肆。遂於武清北鄙孫村，度地之宜，分武清、潞縣、三河之民，置香河縣，仍以新倉鎮隸焉。皇朝奄有天下，混一四海。天德間，建議令兹，盡以遼宋故地合爲一家。會寧興王之地，朝廷在焉，而尤近東偏，凡在經略之内，地則遠近不一，事則繁簡不同。乃詔建都於燕京。於時畿内重地，新倉鎮頗爲稱首，直以榷院自趙德鈞創始以來，歷遼室迨及本朝二百年間，綿綿不絶，每歲所出利，源源不竭，以補國用故也。主上中興，撥亂反正，思補正，隆殘弊，每以調度究懷，以榷鹽課利浩大，其鹽守之官業嘗以散官。雖品秩至有幾於三品，咸以流外當之。乃命有司改榷鹽院署置使司，升爲五品，設副使之官，傔從俸秩視諸刺郡，以重其事。於時居人市易，井肆連絡，闐闐雜沓。翁伯濁質張李之家，皆以世業底富。加之河渠運漕，通於海嶠，篙師舟子，鼓楫揚帆，懋遷有無，泛歷海岱青兖之間，雖數百千里之遠，徼之便風，亦不浹旬日而可至。其捫玳瑁嘴蠵之徒，若豫且網龜、交甫解佩者之比，時或有之。至有不耕獲、不菑畬者之屬，其稻粱黍稷、鬻魚鰕鮓，不可勝食也。而有河渠左界滦水，右纏潞曲，薊北名山，無不委曲而貫通之。雖斧斤不入山林，材木亦不可勝用也。其富商大賈，貨置叢繁，既遷既引，隱隱展展。然鱗萃鳥集，鬻者魚贏，求者不匱，大率資魚鹽之利。其人烟風物富庶，與夫衣食之原，其易如此，而勢均州郡，雖古名縣，不是過也。人情揆之，不列縣治，殆爲失稱。大定十有一載辛卯，冬至郊天後，鑾輿東巡，幸於是邦。歷覽之餘，顧謂侍臣：「此新倉鎮人烟繁庶，可改爲縣。」第志之。明年，有司承命析香河縣東偏鄉閭萬五千家爲縣，以榷鹽歲入國用，方之天下，及至十一，謂鹽乃國之寶，取如坻如京之義，命之曰寶坻。列爲上縣，著於版籍。是歲春季，天官爲除令丞薄，以典其事。于時坊郭居民千餘家，自餘村閭著爲四鄉：東曰海濱，南曰廣川，西曰望都，北曰渠陽。其坊正、里正、胥史應兼從人數，列仝上縣。粤有縣令振威將軍王禠來尹是邑，縣丞忠武校尉李愿、主簿儒林郎李拱昌、縣尉昭信、校尉孫告中參預連判，以備其職。先是，新倉鎮榷鹽處其西，其東則水濟務，有永鹽之號，亦別更爲使司，典榷鹽。對峙而角，遂規規然犬牙爲强弱。每歲，地官第其課績，增損以殊殿最。朝廷病其乖戾不一，因校讐利害，得以永鹽所入幺麽之故，迨三年，癸巳，遂省并永鹽於榷鹽爲一司。歲入課利，通計一百三十餘萬貫。仍置爲寶坻鹽使司。于時縣治尚百萬草創，未有公廨。縣僚乃相地之宜，稍於渠水之南，大覺招提之西，卜爲縣廨；招提之東，縣丞主簿公署次之；又於縣北郛郭之外，卜尉廳焉。其所經費，仍具辭牒，登聞於地官，皆請給之。方營建間，吏民鼓舞，莫不予來，人百其勤，賈有餘力，而樂爲之用。不一二年間，令丞簿公廨，皆以即叙。其廳舍廊廡，高弘壯麗，皆略有可觀。自餘畿内諸廨，無出其右者。爾後之事，未可多云。時里中豪右，嘗欲礱石以刻其事。迭來懇求爲文於予，至於義不可辭。非欲文其事，聊以紀其實焉。

國朝文

寶坻新城記

王鏊 吏部侍郎。

維寶坻作固京畿，控遏虜衝。縣故有城，歲久而惡，殘雉就陊，盜賊無禁。弘治戊午，武進莊侯襗以進士來知是邑。薙奸植良，威德并流。間行故壘，唱曰：「殆非所以戒不虞、示偉觀也。」於是始謀重作之。會整飭兵備巡撫順天等處副都御史洪公，方有事於潮河川，議乃克合。且命勸民納粟，冠帶得財若干。既而，巨室之寓是邑者，咸願輸其財。侯乃相方視址，程材蒇工。僚佐則分地受功。采石於山，陶甓於野。法嚴令一，衆手競勸。經始於弘治庚申之四月，迄辛酉孟夏而城立矣。何其速也！城之周可七里，池繞之而貫乎其中。爲門四：東曰海濱，南曰廣川，西曰望都，北曰渠陽。門之上爲樓，四隅爲角樓。作石堰於水者二，以節流。作浮梁於河者四，以利涉。城高而堅，池廣而深。闔闢以時，宵柝無警。居者樂保其家，行者樂出其途。於是，邑之老稚欣欣相告，謂吾坻無所於障，卧不貼席者凡幾世，今一旦睹其成而不預其勞，功在吾人，其何可忘？於是相率來京，請予文其事於碑。

予謂城之設以備患也，然患而備，不若無患而備之愈；無患而備，又不若無患可備之愈也。先王之世，民相安於仁義禮樂之中，而不識兵戈戰鬥之事，則何患之備乎？然無患矣，不以無患焉而遂莫之備也。故城謝城朔方，咏於《詩》，城邢、城楚丘，書於《春秋》，則城之作其可少乎？莊侯可謂能用其民矣。是役也，洪公實主之。巨室則英國張公、慶雲周公，僚佐則縣丞范智、主簿趙德、任紹宗、典史賈鑨云。

新修寶坻城記

吴儼 左春坊左中允。

寶坻在漢屬泉州，在五代爲鹽倉，金大定間□立爲縣。至我朝太宗文皇帝建都北京，遂爲畿内之地。縣故有城，□興廢多不可考。自入版圖百餘年，四境久安。士者不思重門，擊柝之戒，不復修築。今則漸復于隍，遺址之存者無幾矣。武進莊君誠之以丙辰進士出宰是邑。顧瞻咨嗟，即欲有所爲，而猶恐民以爲厲己，未暇也。既一年，政成民和，乃以白于巡撫都憲洪公。公曰：「是在畿内，且去虜區不遠，保障之計，視他邑誠有不可緩者。顧惟財用將安出乎？爾其毋病小民，毋耗公帑，惟其富且義者圖之。」誠之承命惟謹，乃募民出粟補，官民皆惟然聽命，而貴戚大族寓於邑者，亦皆爲之助焉。於是，經始於弘治庚申三月，甫朞而工畢。城高二丈有六尺，厚視其高，廣四尺，長一千二十八丈。城外有池，池深二丈，廣倍之而加其一焉。四面各有門，門覆以樓。東之曰海濱，其樓曰觀瀾；西之曰望都，其樓曰拱恩；南之曰廣川，其樓曰迎薰；北之曰渠陽，其樓曰威遠。門言其所嚮，而樓則因其門也。又爲水關一：北曰開源，南曰節流，北志其所入，而南則志其所出也。又爲角樓四：左之前曰環碧，後曰挹青，右之前曰慶豐，後曰樂治，左指其所瞰，而右則期其所成也。合而名之曰拱都城，蓋取其密邇皇都也。天下之城，孰不拱乎皇都者？而是邑乃擅其名。猶之水也，朝宗於海，天下所同也，而《禹貢》獨曰江漢朝宗於海，豈江漢之水獨异於天下之水哉？是固可以覘都憲公與君之所存矣。夫天下之事，凡人之有猷有爲者，亦皆足以任之。顧其心私爾不公，則視所臨莅往往若傳舍然。如此城者，未始不堅。向使一石泐，從而易之，一雉崩，從而築之，雖至今存可也。誠之舉百年之廢墜於基月之間，而又戾不及民，雖其才有過人者，而爲國之公，亦惡可誣乎？然微都憲公能用誠之，則誠之雖欲自用以成斯役，亦不可得矣。《書》曰：「爾身在外，乃心罔不在王室。」公實有焉。誠之同寅縣丞范智、主簿趙聰、任紹宗、典史賈錕，既克協贊，以成其功，復偕儒學教諭齊濟周、訓導錢冕，以書來請記。於是乎書。

詩類

通州八景

古塔凌雲　王宣 通州分守。

冰虬峭立倚雲霄，雲際層巒勢并高。一柱界空分曉色，八窗飛雨響秋濤。鐸聲清引天邊鶴，燈影潛通海上鰲。笑拍危闌獨翹首，滿襟清興入吟毫。

長橋映月

神蛟飛落海門西，橫絶清流跨兩堤。光映素蟾涵宇宙，影隨碧水晃玻瓈。波濤聲振魚龍出，風露涼生鸛鶴栖。曉拂長闌望天闕，岧嶢麟閣與雲齊。

柳蔭龍舟

御舟連泊俯清漪，垂柳陰陰翠作圍。鳳彩龍文壯圖畫，鷗沙鷺渚濕烟霏。雲稿濃潤涵朝雨，水殿高寒晃曙暉。聖主端居際昌運，年年錦纜傍苔磯。

波分鳳沼

碧水分香出御溝，潞陽城郭界清流。九重天近晴雲擁，一脉源深暖翠浮。烟浪送春敷海宇，風帆迎日上神舟。吟詩便起乘槎興，欲問當年博望侯。

高臺叢樹

高臺曾迓翠華臨，叢木猶承雨露深。八陣龍蛇歸廟算，六軍貔虎簇雲林。彭城戲馬空陳迹，沛邑歌風見霸心。聖代不須招郭隗，九圖均被傅岩霖。

平野孤峰

危峰挺秀插青冥，四顧川原一掌平。獨立近迎紅日上，孤高未許白雲横。虛巖夜静聞天籟，遠樹烟消見帝京。却憶萊公舊吟句，百年相業振芳聲。

二水會流

關塞塵清遠水通，派錢南接潞城東。沙頭浪起雙流合，雲際帆來萬國同。鷗破暝烟歸別浦，雁隨涼雨落高空。餘波載得春光去，散作君恩□八紘。

萬艘駢集

驛亭南去四十里，供賦北來千萬舟。河海發源通禹貢，華夷歸化拱皇州。鳧鷺洲渚晴烟合，雲水帆檣宿雨收。記得龍灣夜回棹，露蘋香散一天秋。

三河八景 劉希契 本縣儒學訓導。

靈泉漱玉

玉瀉靈山麓，平田潤稻花。瓊波飛瑞彩，琳塢泛明霞。塞迴鴻吟嶼，秋清月浣沙。憑高望京國，光動五雲賖。

聖水流舟

石窟泉流静，秋澄山氣深。彩禽鳴紫澗，玄鹿下蒼岑。浣浣清人目，泠泠醫國心。誰將此丹液，散作傅巖霖。

七渡晴瀾

錯橋臨七渡，山色繞泃陽。地脉沿溪潤，春流到海長。沙容開麗景，瀾彩弄晴光。川上情何極，東游憶武皇。

孤山獨秀

泃西林壑秀，天畔遠峰孤。鶴徑通雲嶠，松巖欲畫圖。蒼龍懸□死，文鳳振皇都。佇立層風上，燕南一雁徂。

南塘落雁

漁歌迴薊渚，落雁晚風斜。光浴南塘月，香吟茂叔花。雲明東浦近，龍卧北山賒。曙色來瓊島，飛鳴向日華。

北兔歸樵

樵倚空山暮，歸來花月深。天西麟閣邃，泃北兔峰岑。巖鶴時高下，巒雲自古今。行歌渺何許，望望白鷗潯。

駝嶺春雲

駝山雲欲曉，蘭谷野花新。翠濕千峰雨，光搖萬頃春。青飛巖外鷲，晴嘯洞中人。舒卷自成趣，從龍意更真。

月波秋鷺

波光泛明月，白鷺浣清池。近岸泉聲泠，遥山石徑危。汀吟延鶴伴，秋迴嘯雲涯。宇曠天風渺，乘虚任所之。

武清八景　孫清陝西提學副使，前翰林編修。

琴堂雙桂

一曲南薰撫晝長，桂花三色白紅黄。舜宮頌出聞餘韻，兔窟分來嗅异香。日照檐前崔令檜，月臨亭下召公棠。而今誰話河陽縣，清影清聲自一堂。

泮宮甘泉

伴宮詩載魯僖修，洙泗當年第一流。月印清源濯鳳尾，春生活水醒龍頭。醴漿不厭充金斗，飴味無嫌滿玉甌。尋得孔顔真樂處，儒林深處覓真游。

譙樓晚照

百尺翬飛接太空，棟梁合抱麗譙雄。侵晨東望扶桑白，薄暮西瞻細柳紅。漏待須遲敲夜鼓，更巡莫早撞昏鐘。燒㶶礎箋石今猶在，追憶當時創建功。

西山雪霽

蕊珠宮闕撒瓊輝，滕六分裁落翠微。三尺深時迷虎踞，萬峰融處露龍飛。冰花寒在懸崖積，雪片晴隨遠岫歸。目极佛頭驚□紀，旋生綠鬢□青衣。

鳳臺春曉

邑南牛舍古遺臺，聞道當年有鳳來。仰止若山臨梵宇，高登如阜近僧齋。城邊芳草隨時長，路側幽花逐景開。勞築不知誰創始，一游一豫一舒懷。

寶塔凌雲

浮圖七寶起層層，瓦石圓堆匠顯能。絶頂孤高明月近，當頭削出慶雲騰。天窗虛敞藏僧鉢，地窖幽深護佛燈。壯觀應屬千里望，至今疑是魯班營。

長堤細柳

東南路傍古長堤，細柳輕盈對碧溪。白晝三眠柔絮舞，青春萬縷嫩絲垂。嘶風馬趁陰濃繫，喚友鶯乘影密啼。十里郵亭攀折處，年年相送各傷離。

海門春浪

混混泉流入海門，滔滔無水不東奔。潮來動若神鰲吐，汐至回如巨鰐吞。萬丈狂時驚白晝，千尋急處怕黄昏。蓬萊閣上曾觀市，坡老遺詩刻尚存。

漷縣八景　　無名氏

泮宫古槐

黌宫喬木幾經年，常送風聲入耳邊。雨潤新枝還密密，月明疏影自蹮蹮。浮雲棲老南柯郡，餘澤沾窮泮水泉。憶昔栽培深有意，花黄催客上青天。

禪林寶塔

崚嶒塔頂出雲端，舍利光摇貝殿寒。寶炬夜燃星燦燦，金鈴風動玉珊珊。神鰻護後烟空鎖，靈鷺歸餘月已殘。恰憶慈恩當日事，芳名題處自如蘭。

白河漁舟

河流汩汩復悠悠，欸乃聲中烟水秋。襟帶萬年昌帝業，朝宗億國拱皇州。風帆暮急沙鷗起，波影晴涵野樹稠。遥望孤燈明滅處，蘆花灘裏釣魚舟。

春郊烟柳

望入天涯緑正匀，幾番風雨壓眉顰。争窮榆莢遥難辨，遮斷杏花半未真。飛絮雪沾南浦草，晴烟鶯囀上林春。故鄉今亦應如此，滿目雲山迷渡津。

駐蹕甘泉

萬斛甘泉吐玉虹，金瓶纔汲雪花叢。環瑶分處家家月，龍鳳煎時陣陣風。千載餘波承輦轂，九秋寒霧滴梧桐。清泠定有神蛟宅，應作甘霖雨域中。

凉鷹舊臺

蒼鷹已去不重回，金殿荒蕪盡緑苔。簫鼓聲烟惟鳥噪，羽林軍散衹雲徊。晴川應識霓旌影，寒菊曾迎鳳輦開。彼日誰能歌五子，至今殷鑒使人哀。

長堤回燕

社來燕子已先知，畫棟初辭繞緑陂。細雨引雛音上下，輕風匝地羽差池。主人應自憐王謝，往事同誰憶戴嫣。莫嘆飄零游瀚海，明年春又是來期。

遠浦飛鴻

紅蓼灘頭夕照邊，西風又送雁南還。霜來紫塞聲先苦，雲浄清湘影更連。作□□□□□，□書□處憶瑶□。并州亦是思鄉遠，數看横飛入魯天。

咏漷邑　無名氏

孤城斗大古荒臺，墻堞齊腰土霧埋。全里地無方寸業，一人身占兩三差。幽墳已草名留籍，照户添丁婦未胎。游釜困鱗終作腐，此情誰肯達金階。

感漷邑　孫錦（陝西人，巡按御史。）

瘠地經荒歲，雕殘一廢村。鶉衣貧到骨，藜食訴無門。積恨空疲邑，題詩遺斷魂。有懷憂不寐，兀坐拭悲痕。

寶坻八景　莊襗

東寺曉鐘

鎔金出冶範初成，隱隱華鯨動地鳴。百鐘既精宜大扣，一圓無舋有清聲。驚回客夢家千里，落遍霜華月五更。爲勒新銘振新德，誰當洗耳日醒醒。

北潭秋月

氿泉滚滚有源頭，直注迴塘入海流。萬古青天常對鏡，四時明月獨宜秋。水晶簾捲微風動，琥珀盤空夕照收。歌罷濯纓清思逸，滿襟凉露正颼颼。

夏霧銀鮮

夏霧東頭海有神，銀魚霜後貢時新。大庖止可供多品，薄味何由等八珍。不惜□□□□□，獨怜瘠土重勞民。□□□□□□□，一尾知償幾百緡。

晴樓碧障

天開形勝帝王都，萬里青山豁壯圖。滄海東來紅日近，太行西去白雲孤。三關扼險嗚宵柝，九夏爲霖活旱枯。一度凭欄一回首，彤廷何日獻平胡。

蘆臺玉沙

蘆臺極目際平沙，利□誰憐害亦賒。土面刮來淋玉液，鼇頭沸盡結銀花。十年預借償逋負，尺地堪耕屬勢家。安得調羹知此味，免教流殍到天涯。

石幢金頂

古人致至嘆危哉，此石何年巧琢裁。惟有鐵心中貫徹，不妨風雨外頽顇。一輪耀日黄金頂，百尺擎天白玉臺。若向中流爲砥柱，狂瀾萬激亦東迴。

秦城烟樹

何代英雄事已磨，尚遺廢壘枕荒坡。幾迴隔隴聞樵唱，猶似當年奏凱歌。漠漠淡烟秋色老，蕭蕭落木雨聲多。行人不必重回首，渭水咸陽更若何。

拱都池蓮

公暇觀蓮豁倦懷，倦懷那更重徘徊。青山□回只如畫，流水繞欄空潑醅。今□□□□□□，□年花萼爲誰開。清芬不染真君子，千古□□□□品裁。

通州志略卷之十三終

通州志後序

通州自通漕以來，蓋要津云。始我成祖文皇帝定鼎於燕，實爲東輔。既建大運倉於中，復屯重兵以戍守，是豈惟通漕廣濟？而屏翰翼翼，根本底定實賴之。執吏于兹，嘗愧不類，顧兢兢黽勉，詢問故老，考核圖志，乃知未有成書，用是益爲隕懼。行縣之暇，謁我大中丞潞橋楊公，求修次之。公慨然以爲己任，披閲方輿，搜采古昔。越今二年，始克成編。凡爲卷者十有三，爲志者十有一。夫漢隆三輔，唐重華同，誰不謂神州赤縣。然其事繁錯如絲如猬，殊難紀識。昔人嘗構思十稔，着筆滿庭，始能賦其事，而况爲志之。以今都城質之，東有通，西有涿，北有昌平，孰非三輔華同之制？乃涿疲於驛郵，昌平苦於屯戍，而通兼有之，漕淺之夫，廄庾之役不與焉。其繁錯且將十倍，爲吏固難，而况爲志之乎？今觀志，曰輿地，都邑之形勝具矣；曰建置，帝王之規模遠矣；曰漕運，曰貢賦，曰兵防，經制之嘉猷，弘且博矣；曰官紀，曰人物，主賢與客賢，相埒美矣；曰禮樂，曰物産，彬彬森森，四方之極在是矣；加之曰叢紀，而以藝文終焉，人文物采有餘輝矣。至其兵漕大議，條析數百言，皆經國至計，足爲千萬世鞏固之術。是志也豈徒爲潞陽一時一郡之書已哉？是故，觀吾《通志》，而磐石之宗，輸輓之富，盤錯之形，宛然盡在目中矣。執殊薄劣，無益于時。親見是書之成，皆吾心力之所期。企而不逮，幸其可以幟後人也。因中丞公之志，壽梓以傳，且得附其名氏于末簡。於是并書之。嘉靖己酉仲春望日，通州知州汪有執拜手謹書。

通州志後序終